方金河 著

青花心韵

方金河 作品集

ARTS BOOK OF PAINTER OF FANG JINHE

福建美术出版社

方金河青花系列的语言图式指向，触及到了当代水墨画定位漂移的敏感话题。

蓝色而美丽的星球是人类航天梦觉醒的首次视觉饕餮。

蓝色是宁静的，宁静可以致远。

美哉，方金河的青花情结、青花世界。

图书在版编目（CIP）数据

青花心韵：方金河作品集/方金河绘. —福州:福建美
术出版社，2008.5
ISBN 978-7-5393-1967-4

Ⅰ. 青… Ⅱ. 方… Ⅲ. 中国画-作品集-中国-现代
Ⅳ. J222.7

中国版本图书馆CIP数据核字（2008）第058603号

方金河中国画工作室
联系电话：13436368885（北京）
　　　　　13015977330（福建）
电子信箱：ptfjh680@sina.com
个人网站：www.ptfjh.com

**青花心韵·方金河作品集**

方金河 绘
※

出　　版：福建美术出版社
发　　行：福建美术出版社发行部
印　　刷：福建才子印务有限公司
开　　本：787×1092mm　1/12
印　　张：4
版　　次：2008年5月第1版第1次印刷
书　　号：ISBN 978-7-5393-1967-4
定　　价：48.00元

# 序

中国水墨人物画的源头可上溯到新石器时期彩陶上的人面鱼纹图和舞蹈纹图，再后来有了平面的壁画和帛画。先民们以黑色为图像的痕迹，留下了对自然和神灵崇拜的一抹心理见证。

黑色的选择也许是原材料简便易得；也许是火焰煅烧后焦炭的获取；抑或是人类对黑暗的恐惧为对应的集体无意识选择。而原始黑白宇宙观却以最稳固的秩序渗透在中国本源哲学的各个领域。

综观中国画道渊源起始，从线描到意笔到没骨，讲究用笔、用墨、用水，竟然也在视觉序列一次次变革中完成了工艺性的突围。"知黑守白"、"墨分五色"等古训，是中国画上千年所约定俗成的心经口诀，文人士大夫从未对绘画图式的黑白构成提出任何异议。

到了"五·四"，直至"文革"以后，现代中国画前沿图式有了西洋素描效果、油画效果、雕塑效果、装饰效果等视觉的转换。受众在审美疲劳之后又惊喜地看到，当代中国画在融会民族民间绘画图式上，为提取艺术精华而突显中国元素等方面做足了功夫，大量的水墨实验不仅仅是为了寻找中国画新的语言张力，蕴含着中国文化符号作为实验手法的各种画作抢滩国际码头，以达到个人话语权的表述。

方金河青花系列的语言图式指向，触及到了当代水墨画定位漂移的敏感话题。"青花"这一民间俗语媒材的界定，是否会关涉到美术史从宫廷再返回民间的一种寻根情愫。一截从唐代起源、宋元成熟、明清鼎盛的青花图式映像，能否像水墨国粹那样绵延几百年、上千年，并溶进时代大潮，新的视觉亢奋点让审美者无以从心理经验坐标中找到参照值。青一色的视觉纯粹感以彻底的姿态对水墨介质进行颠覆，引发出对审美所默认的老庄黑白体系的解构。这也许是自然回归的语言表象在架上绘画的一番革命创意，也许是海洋文化渗透着蓝色文明在心底的又一次潮涌。

蓝色而美丽的星球是人类航天梦觉醒的首次视觉饕餮。

蓝色是宁静的，宁静可以致远。

美哉，方金河的青花情结、青花世界。

翁振新

（福建师范大学美术学院院长、教授、博士生导师）

2008年3月

# 方金河

福建莆田人。

莆田市艺术馆副研究馆员，中国美术家协会会员，福建省美术家协会理事，莆田市美术家协会副主席兼秘书长，福建省画院特聘画师，福州画院特聘画师。1981年福建师大美术系本科毕业，中央美术学院民间美术研究室结业，中国艺术研究院研究生院杜滋龄写意人物工作室访问学者。

# 艺术简介 THE ARTS INTRODUCTION

1985年中国画《生死线上》、《秋风乍起》获全国长安青年书画大奖赛优秀奖。

1989年中国画《祖魂》参加全国风俗画大展。

1992年中国画《老家》(与人合作)参加全国"5.23"美展，1996年第二期《美术》杂志彩页发表。

1993年中国画《星河云雨》入选全国首届山水画展(入画册)，获93年度福建省美术创作优秀奖。

1994年中国画《东南汐风入选全国第八届美术作品展，获福建省第二届艺术节铜牌奖。

1995年中国画《江南细雨》、《江南春绿》由中国美协选送澳大利亚展出(入画册)，参加中国首届优秀山水画展。

1997年中国画《湄洲湾娘妈》入选全国中国画人物展(入画册)，1999年1月入选全国第八届群星奖。

1998年连环画《画说中国民主促进会》和《画说台湾民主自治同盟》(32开单行本)由福建人民出版社出版。

2003年中国画《海天心岸》获福建省第三届艺术节银奖。

2005年中国画《戚继光抗倭威震海城》获中国美协首届会员展优秀奖。

江湖秋水多　24×27cm　方金河

戊子年金河

打坐罗汉 45×52cm 方金河

善辩罗汉 45×52cm 方金河

声喧乱石中 45×52cm 方金河

终南霁色 33 x 137cm 方金河

云霞疏钟 22×68cm 方金河

草色新雨 22×68cm 方金河

松月风泉 22×68cm 方金河

隔山潭烟 22×68cm 方金河

古木无人径 38×45cm 方金河

↑ 清溪几曲 34×68cm 方金河
↓ 仙源何辨 34×68cm 方金河

树下罗汉 68×68cm 方金河

深山何处钟 68×68cm 方金河

临风听秋水 68×68cm 方金河

过雨看松色　39×62cm　方金河

松际露微月 38×45cm 方金河

花至流水香 68×68cm 方金河

岩上无心云相逐 23×68cm 方金河

马嘶剑啸  24×27cm  方金河

石矶西畔 24×27cm 方金河

山色有无中 38×45cm 方金河

和气生财

↑ **烟花三月**　30×96cm　方金河
↓ **隐处惟孤云**　28×96cm　方金河

缘涧还复去 68×68cm 方金河

↑ 江静潮开合　31×118cm　方金河
↓ 闲持贝叶书　28×96cm　方金河

花路入溪口 68×68cm 方金河

兴是清秋发 34 × 68cm 方金河

寒梅著花未 68×68cm　方金河

十八罗汉图 30×180cm  方金河

十 八 罗 汉 图 丁亥 金河

春 24×27cm 方金河

夏 24×27cm 方金河

秋 24×27cm 方金河

冬 24×27cm 方金河

↑ 山中方一日 28×96cm 方金河
↓ 出郊旷清曙 34×68cm 方金河

山月随人归　24×27cm　方金河

归卧南山陲  68×68cm  方金河

闻风坐相悦 68×68cm 方金河

缮性何由熟 68×68cm 方金河

拦路酒歌 90×180cm 方金河

**红颜喜事** 68×68cm 方金河

缤纷世界 90×180cm 方金河

皇天厚土 68×68cm 方金河

蓝色精灵 90×180cm 方金河

悠悠童谣 68×68cm 方金河

亲密女友 90×180cm 方金河

青冥鼓喧 68×68cm 方金河